LA ROCHE TARPÉIENNE II

PAUL SOUDAY — BOSSUET

PAUL SOUDAY

BOSSUET

LES EDITIONS DU BALANCIER
LIÉGE MCMXXIX

BIBLIOTHÈQUE NATIONALE
R.F.

I. LA STATUE

J'AI là dans une bibliothèque, les œuvres complètes de Bossuet, trente et un gros volumes in-octavo, édition Lachat. Faut-il l'avouer? Je ne les rouvre pas souvent. De tous les grands écrivains français, et même étrangers, Bossuet est celui que je relis le moins. Il est si loin de nous! Il a si peu de choses à nous apprendre! Mais voici une occasion qu'il nc faut pas laisser perdre. On a inauguré, à Dijon, une statue de Bossuet. L'Académie Française était représentée, par permission spéciale de M. Frédéric Masson.[1]) Le Ministre de l'instruction publique a pris la parole. Bossuet est d'actualité: cela ne lui arrive plus très souvent. Montons à l'échelle, allons dénicher les gros bouquins sur les hauts rayons, et replongeons-nous un peu dans Bossuet.

On ne peut pas dire que ce soit ennuyeux. C'est trop bien écrit pour cela. Les thèmes qu'il traite sont pour la plupart périmés, et sa façon de les traiter est encore plus archaïque. Qui s'intéresse aujourd'hui au quiétisme,[2]) aux discussions avec le ministre Jurieu, à toute cette théologie scolastique et rebutante?

[1]) Qui s'était opposé à ce qu'elle le fût à l'inauguration du monument Flaubert.

[2]) Il y a M. l'abbé Bremond...

Qui aurait désormais l'idée de tirer une politique de l'Ecriture Sainte? Qui conçoit comme Bossuet l'histoire universelle? Sa paraphrase littérale de la Genèse dans les premières Elévations sur les Mystères, n'est-elle pas désarmante de naïveté? On croit glisser dans un autre monde. Il n'y a guère que deux cents ans que Bossuet est mort, et sa pensée nous est plus étrangère que celle d'Homère, de Platon ou Lucrèce. Mais sans parler de l'intérêt documentaire et historique, cela finit par en devenir pittoresque et divertissant. On ne peut guère se dépayser davantage. On éprouve, intellectuellement, une sorte d'impression d'exotisme. Et puis, il y a le style...

Bossuet n'est pourtant pas le plus grand prosateur de notre littérature, ni même de son siècle. Il n'a guère de ces trouvailles géniales, de ces raccourcis fulgurants, de ces coups de griffe de lion, que nous admirons dans Saint-Simon et dans Pascal. Il n'a pas d'esprit; il a peu de véritable émotion. Il n'a rien fait de comparable aux Provinciales, qui restent un des livres les plus amusants de notre langue, bien que la matière en soit exactement aussi aride que celles où s'attarde Bossuet. Et les Pensées nous touchent, et nous saisissent, tandis que, sans nous convaincre davantage, l'apologétique de Bossuet nous laisse froids. Les conclusions sont pourtant les mêmes, et nos propres opinions ne motivent donc pas cette différence de jugement. Mais Pascal est peut-être plus sûrement un grand homme, et d'abord un homme, tandis que Bossuet n'est qu'un docteur de Sorbonne à bonnet carré, qui prête un peu à sourire avec son imperturbable assurance, sa capacité indéfinie d'argumenter dans le vide, et son dogmatisme aussi tranchant que mal justifié. C'est pourtant dans ses œuvres de doctrine et de polémique qu'il écrit le mieux. Il y a de la rhétorique assez creuse et scolaire dans ses oraisons funèbres, notamment dans la plus fameuse de toutes, celle du prince de Condé; beaucoup de convention et de fatras, malgré quelques belles images, dans la plupart des sermons et des œuvres de piété proprement dite. Mais en présence d'un hérétique ou supposé tel, il se lance dans la lutte avec une infatigable ardeur, et il apporte à l'exposition de l'orthodoxie une fermeté, une dignité, une majesté qui composent un spectacle de magnificence digne des pompes de Versailles et du culte monarchico-religieux dont il est le grand prêtre.

M. Léon Bérard s'est défendu, dans son discours, d'admettre „la distinction artificielle et

sophistique de la forme et du fond". En quoi il semble s'accorder avec Flaubert. Cependant il faut s'entendre. Certes, il n'y a pas de grand, ni seulement de bon écrivain, qui ne pense fortement son sujet. Mais on peut concevoir, se représenter, „réaliser" comme disent les Anglais, avec une remarquable puissance des théories parfaitement fausses ou même à certains égards puériles. De telle sorte que la distinction dont il s'agit, artificielle et sophistique si l'on examine la psychologie de l'auteur, peut devenir juste et indispensable lorsqu'on en vient à le juger et à se demander ce qu'il en faut retenir. Il est bien certain qu'aujourd'hui Bossuet, comme penseur et critique, n'existe plus; qu'il ne peut désormais nous donner qu'un plaisir de dilettante et fournir aux écoliers que des modèles de bonne langue et de beau style.
Il a défendu, si l'on veut, la raison en ce sens qu'il n'était ni mystique, ni pragmatiste. Mais il l'a toujours mise exclusivement au service de la foi, qui seule lui importe. „La foi s'éteint, la raison humaine en prend la place..." Voilà pour lui le suprême scandale et l'abomination de la désolation. Nul n'a jamais écrasé plus rigoureusement le libre examen sous le principe d'autorité. Ses arguments ne sont presque

jamais que des citations de l'Ecriture, des Pères ou des Conciles. Ce n'est même pas sur la raison qu'il compte principalement pour établir l'infaillibilité de l'Eglise, de laquelle tout découle, et qui nous oblige à croire sans discuter ou même sans comprendre. Ce qui garantit pour lui la vérité de la religion et le privilège de l'Eglise, c'est leur antiquité. Il revient là-dessus un peu partout. La religion est vraie, d'après lui, parce qu'elle date de l'origine du monde. Voilà qui constitue pour lui le titre décisif. Inutile de réfuter une idée nouvelle; il suffit qu'elle le soit, cela seul la condamne, et la nouveauté est à ses yeux le signe même de l'erreur. Mais Jésus n'a-t-il pas innové contre la Synagogue? lui demandait fort judicieusement Jurieu.

Ce traditionalisme et ce fidéisme ont fait de Bossuet un ennemi de la critique, de la philologie, de la philosophie spéculative, de la science et des lettres mêmes jusqu'à un certain point. Son animosité contre Richard Simon, contre Malebranche, est significative. Dans le Traité de la Concupiscence, il flétrit la curiosité intellectuelle, le goût de „rendre raison de tout", de se trop livrer à la science, même véritable, de s'adonner „à toutes sortes de lectures, surtout des livres nouveaux, des romans, des comédies, des poésies". Bref il blâme toute l'activité de l'esprit humain, en dehors de la religion, Il n'épargne pas plus Boileau et La Fontaine que Molière, pour qui il s'est montré implacable, jusqu'à insulter son agonie. (Maximes sur la Comédie).

Au point de vue politique, il reconnaît, c'est vrai, la légitimité des diverses formes de gouvernement établies et qui durent. Mais peut-être ne fait-il cette concession que parce que le régime alors établi en France bénéficiait de ce point de vue. C'est bien la monarchie absolue et louis-quatorzième qu'il regarde comme le meilleur des gouvernements, le plus conforme à l'ordre de la nature et au plan divin, celui où l'on trouve „les principes les plus aisés et l'ordre qui roule le mieux tout seul". Toute la propagande néo-monarchiste d'aujourd'hui sort textuellement de la Politique tirée de l'Ecriture Sainte. En outre il considère comme le premier devoir du souverain de réprimer l'hérésie et l'impiété, au besoin par la force et par des peines sévères. On sait qu'il a hautement approuvé la révocation de l'édit de Nantes, stricte application de ses invariables préceptes. Il va jusqu'à justifier l'esclavage, en faveur duquel il invoque un texte d'ailleurs parfaitement explicite de Saint Paul. Non, vraiment, nous n'avons plus rien à prendre dans Bossuet, que des leçons de bien dire. Il est même si différent de nous, tellement distancé par l'esprit moderne, qu'il en devient inoffensif.

1921

II. BOSSUET ET L'ESCLAVAGE

En réponse à quelques sceptiques, qui ne peuvent se persuader que Bossuet ait réellement justifié l'esclavage, le plus simple est de citer les textes:

Si le ministre (Jurieu) y avait fait quelque réflexion, il aurait songé que l'origine de la servitude vient des lois d'une juste guerre, où le vainqueur ayant tout droit sur le vaincu jusqu'à pouvoir lui ôter la vie, il la lui conserve: ce qui même, comme on sait, a donné naissance au mot de servi, qui devenu odieux dans la suite, a été dans son origine un terme de bienfait et de clémence descendu du mot servare conserver... Toutes les autres servitudes ou par vente ou par naissance ou autrement, sont formées et définies sur celle-là... De condamner cet état, ce serait entrer dans les sentiments que M. Jurieu appelle lui-même outrés, c'est-à dire dans les sentiments de ceux qui trouvent toute guerre injuste; ce serait non seulement condamner le droit des gens, où la servitude est admise comme il paraît par toutes les lois, mais ce serait condamner le Saint-Esprit qui ordonne aux esclaves par la bouche de Saint Paul de demeurer en leur état, et n'oblige point leurs maîtres à les affranchir. (I Cor. VII, 24, etc.)

Mais si le droit de servitude est véritable, parce que c'est le droit du vainqueur sur le vaincu, comme tout un peuple peut être obligé de se vendre à discrétion, tout un peuple peut être serf; en sorte que son seigneur en puisse disposer comme de son bien jusqu'à le donner à un autre, sans demander son consentement; ainsi que Salomon donna à Hiram, roi de Tyrr, vingt villes de Galilée. (Cinquième Avertissement aux protestants, I, II, page 467 du XVe vol. édition Lachat.)

C'est bien d'ailleurs la pure doctrine de l'Église. Elle est aussi dans St Thomas d'Aquin, que l'on essaye présentement de remettre à la mode. Faguet et bien d'autres n'en ont pas moins continué, ou n'en continueront pas moins, d'attribuer au christianisme l'abolition de l'esclavage.

On voit aussi dans ce même passage du Cinquième Avertissement que la théorie du pacte, annonciatrice directe de celle du contrat social, n'est pas du tout de Bossuet, mais de Jurieu: Bossuet n'en parle que pour le repousser comme une des plus flagrantes „absurdités" du ministre. On y constate également que Bossuet reproche à Jurieu de „mépriser le droit de conquête, jusqu'à dire que la conquête est une pure violence, ce qui est dire manifestement que toute guerre en est une; et par conséquent qu'il ne peut jamais y avoir de justice dans la guerre, puisqu'il n'y a rien qui s'accorde moins que la justice et la violence". Tels sont les raisonnements de Bossuet: il ne conçoit même pas l'idée d'une guerre ayant un autre objectif normal et une autre conséquence légitime que la conquête; et vous avez remarqué le cas qu'il fait du consentement des peuples. Pour avoir dit que Bossuet était très loin de nous, et décidément distancé par l'esprit moderne, j'ai été accusé de germanophilie; ce sont les gentillesses ordinaires de polémistes d'après qui l'on trahit la France si l'on ne souscrit pas leurs dogmes, par exemple si l'on n'admire que le style de l'aigle de Meaux et non sa politique ni sa théologie; mais la vérité est au contraire que l'Allemagne pangermaniste pouvait très exactement se couvrir de l'autorité de Bossuet.

1921

III. LE 3e CENTENAIRE

BOSSUET est né, à Dijon, le 27 septembre 1627, il y a tout juste trois cents ans. J'ai donc relu le Discours sur l'histoire universelle. Ce n'est pas un mince travail. Cet ouvrage austère ne remplit pas moins de cinq à six cents pages. On ne dira pas que je me refuse à honorer Bossuet, non pas même M. Gonzague Truc, qui, dans Comœdia, me reproche des „propos impies" sur son vénérable client, et réclame pour moi du tribunal céleste une condamnation à quelques bonnes années de purgatoire, pas plus: car mon confrère assure que néanmoins je serai sauvé. J'en accepte l'augure, mais, même pour assurer mon salut éternel, je ne peux lui accorder qu'il eût fallu dire „le siècle de Bossuet". J'aime encore mieux „le siècle de Louis XIV", consacré par l'usage, et qui du moins ne fait tort à nul de nos grands écrivains. Si l'on voulait prendre l'un d'entre eux pour héros éponyme, je crois qu'il faudrait dire „le siècle de Descartes".

Descartes, ce mortel dont on eût fait un Dieu
Chez les païens...

Bossuet m'a valu quelques bons moments. Au Bien public, de Dijon, qui a ouvert sur son illustre compatriote une enquête j'ai ré-

pondu[1]) qu'avec Sainte-Beuve, Renan, Scherer, Pierre Lasserre et quelques autres, je considérais sa philosophie comme assez faible et décidément périmée; ce qui ne m'empêchait pas de le tenir, avec tout le monde, pour un grand orateur, un grand écrivain, un maître de la langue et du style. Certains journaux ont bien voulu reproduire ces quelques lignes, en faisant suivre le nom de M. Pierre Lasserre de points d'interrogation, comme si je lui avais prêté gratuitement une opinion qui ne saurait être la sienne. Je les renvoie à son volume Renan et nous (Bernard Grasset, les Cahiers verts, 1923), où ils liront: „Ainsi se forma la philosophie de Bossuet, dont l'extrême faiblesse frapperait les yeux, sans le merveilleux talent d'expression qui...", etc. (page 85). Et plus loin: „Mais leur cartésianisme (celui des traités philosophiques adoptés au dix-neuvième siècle dans les séminaires) était, comme celui de Bossuet, un cartésianisme de carton..."
Une autre amusante histoire est celle de l'es-

[1]) Bossuet et notre temps, opinions de Louis Bertrand, Henry Bordeaux, Georges Goyau, Paul Valéry, Paul Claudel, Paul Souday, Albert Thibaudet, Louis Dimier, etc... 1 vol. Librairie Venot (Dijon).

clavage. J'avais dit il y a six ans que Bossuet n'en était aucunement l'adversaire, malgré le préjugé courant et le lieu commun qui en attribue la suppression au christianisme. Ce fut un tolle dans la presse catholique, qui m'accusa d'insulter le grand évêque. Je fournis alors ma référence et révélai à ces fameux bossuétistes, qui n'ont jamais lu Bossuet, que dans son *Cinquième Avertissement aux protestants,* notre auteur réfute Jurieu, qui tenait l'esclavage pour illégitime, par les textes de saint Paul qui en proclament la légitimité. Or, un journal nationaliste intégral, qui s'était alors bien gardé de prendre ma défense, si même il ne m'avait accablé, a découvert à son tour ce *Cinquième Avertissement aux protestants,* et a été bien aise de s'en servir pour démontrer qu'en proposant le rétablissement de l'esclavage, l'auteur du *Chemin de Paradis* n'avait pas manqué pour si peu à la plus stricte orthodoxie ni cessé d'être bon catholique. Ayant été le premier à le dire, je suis obligé de reconnaître que c'est parfaitement exact. Un des traits les plus sympathiques du caractère de Bossuet, qui ne se retrouve pas au même degré chez tous ses admirateurs, ou soi-disant tels, c'est la franchise qui lui interdit de rien dissimuler des doctrines de l'Église, des pères et des apôtres, même lorsqu'elles choquent le sentiment public et deviennent impopulaires.

Lorsque l'archevêque de Paris jugea bon de protéger je ne sais quelle association de comédiens bien pensants et d'autoriser une messe de *Requiem* pour Molière à Saint-Roch, je ne manquai pas de rappeler et de citer les *Maximes sur la comédie* — presque aussi oubliées que les *Avertissements aux protestants* — où Bossuet, parlant en évêque et en docteur, et toujours armé de textes précis, se déchaîne contre les comédiens en général, prouvant qu'ils sont et demeurent excommuniés, et en particulier contre Molière qu'il piétine avec une dureté révoltante au point de vue simplement humain, mais parfaitement correcte à celui de la discipline catholique dont il était, lui Bossuet, l'interprète et l'archange.

De même encore, dans le *Traité de la concupiscence*, également un peu délaissé, Bossuet se réfère à l'épître de l'apôtre Jean et à la meilleure tradition pour condamner la *libido sciendi* aussi bien que les deux autres, et par conséquent pour s'accorder avec Pascal, qui ne se révélait pas spécifiquement janséniste, mais purement chrétien — malgré les objections qu'on m'a faites là-dessus — en renonçant à la science comme à une damnable vanité et en dérobant à la France la gloire de découvrir le calcul de l'infini, pour se vouer uniquement à la pénitence et à l'ascétisme. Bossuet ne fulmine pas moins, dans ce Traité, contre les lettres et la poésie. Intrépidement, Bossuet fait remarquer que Jésus-Christ „n'est curieux ni de doctrine, ni d'éloquence, ni ne montre aucune étude recherchée..." et n'a pour disciples que des ignorants, nous enseignant ainsi à ne pas désirer de savoir beaucoup, et à n'apprendre que „la science du salut" car „toute autre science est vaine"... On lui répondrait volontiers: „On s'en était aperçu, mais on n'osait pas vous le dire". L'évidente pauvreté intellectuelle des Evangiles et leur dédain des choses de l'esprit, en devenant un dogme, déconseillent évidemment „d'approfondir Descartes et Copernic".

L'honnête Bossuet était ce qu'on appelle familièrement un saint Jean-Bouche d'or. Cela est certes à sa louange, et le fera toujours préférer aux tenants d'une politique tortueuse, peu agréable en soi et qui est de mise en religion moins que partout ailleurs. Bossuet méprisait la morale relâchée des casuistes, et un jour que par jeu de société on demandait aux personnes présentes quel ouvrage elles aimeraient le mieux avoir fait, il répondit: „les Lettres provinciales".

Je ne crois pas qu'il ait été un vil flatteur de Louis XIV. Ebloui, sans doute, aimant le monde et la cour, par une faiblesse, si l'on veut, et dont il convenait, mais qu'on excuse chez un homme sociable, et subissant ce qu'il ne pouvait empêcher, c'est entendu. Cependant, il ne manquait pas plus de courage que de bon sens en combattant rudement Fénelon et Mme Guyon, dont „le sublime s'amalgama", bien que Fénelon fût un grand seigneur, et que le quiétisme ait longtemps séduit Mme de Maintenon. Ce n'est pas non plus par complaisance pour le roi, mais par conviction, que Bossuet fut gallican et partisan de la suprématie du concile sur le pape.[1]) Son gallicanisme nous agrée plus que l'ultramontanisme de Fénelon. Ce n'est pas Bossuet qui eût supprimé le rabat du clergé français, ni nos vieilles liturgies locales. Sur ce point, et sur quelques autres, c'est la thèse ou l'esprit

[1]) Dans le Sermon sur l'unité de l'Eglise, il dit au pape: „l'Eglise, romaine est la mère des églises, mais non une maîtresse impérieuse; et vous êtes, non pas le seigneur des évêques, mais l'un d'eux", Primus inter pares...

contraire qui prévaut, et dans l'Eglise même Bossuet, aujourd'hui, est un vaincu.

Où il devient moins acceptable, c'est lorsqu'il approuve la révocation de l'édit de Nantes, qu'il n'a même pas attendue pour prêcher aux rois le devoir de maintenir l'unité catholique et d'écraser l'hérésie. Sur cet article, il a toujours été intraitable, et parfois même impayable, si l'on ose s'exprimer ainsi. Voyez la Défense de l'histoire des variations (1691; Lachat, XV). Le ministre Basnage avait écrit: „On ne peut accuser Calvin que de la mort de Servet, qui était un impie blasphémateur, et au lieu de justifier cette action de Calvin, on avoue que c'était là un reste du papisme..." Et Basnage proclamait le principe de la liberté de conscience. Bossuet s'enflamme et réplique qu'il ne reste plus qu'à s'écrier: „Heureuse contrée où l'hérétique est en repos aussi bien que l'orthodoxe; où l'on conserve les vipères comme les colombes et les animaux innocents... Que le blasphème est privilégié! Que l'impiété est heureuse!" Et plus loin: „Il n'y a qu'a être brouniste, anabaptiste, socinien, indépendant, tout ce qu'on voudra; mahométan. si l'on veut; idolâtre, déiste même ou athée; car il n'y a point d'exception à faire, et tous répondront également que le magistrat ne peut rien sur la conscience, ni obliger personne à croire en Dieu, ou empêcher ses sujets de dire sincèrement ce qu'ils pensent: aveugles, conducteurs d'aveugles, en quels abîmes tombez-vous?" C'est énorme, eût dit le bon Flaubert, qui, après avoir lu la Politique tirée de l'Ecriture sainte, n'ayant pas l'habitude de mâcher les mots, écrivait à Maupassant tout à trac: „L'aigle de Meaux est une oie". Certes, cet aigle n'était ni moderne, ni laïque, ni démocratique, dont M. Gonzague Truc le loue, avec un souverain mépris pour ceux qui donnent dans ces godants-là. Mais il faudrait s'entendre. Les beaux-esprits de droite jugent inélégant de parler d'Inquisition et de dragonnades; on aimerait pourtant de savoir si l'aristocratique M. Gonzague Truc souhaite de nous les ramener. Avec Bossuet, au moins, on est fixé. Ici encore, comme en toute occasion, il se borne à enseigner la stricte et parfaite orthodoxie. Et par lui nous savons ce que nous réserverait l'Eglise le jour où elle reconquerrait son ancienne puissance et disposerait derechef du bras séculier. Ce n'est pas toujours folâtre de lire Bossuet, mais c'est souvent bien instructif. Avec lui, pas de faux-fuyants, pas de maquillage libéral, ni d'autre façade trompeuse. Il dit les choses comme elles sont, „vêtu de probité candide et de lin blanc", et ne nous laisse pas ignorer ce que nous risquerions à trop craindre les épigrammes si distinguées de M. Gonzague Truc.

Où la noble candeur de Bossuet s'étale avec le plus de majesté et se fait irrésistible, c'est dans ce Discours sur l'histoire universelle auquel je reviens après un détour. Quelle autorité ! Quelle certitude ! Il commence par le commencement, c'est-à-dire par la création du monde. Mais cela ne lui suffit pas de nous faire connaître que Dieu créa le ciel et la terre. Il sait et s'empresse de donner la date exacte de cet événement, que des pessimistes bien dédaigneux tiennent seuls pour négligeable. C'est en l'an 4004 avant Jésus-Christ que la chose arriva. Non pas en 4003 ni en 4005 : Bossuet aime la précision. Et pas plus sur ce chiffre que sur le fait même, il n'a l'ombre d'un doute. On dirait presque qu'il y était. Comme on comprend M. Truc, constatant qu'il n'est pas „scientiste !" Ah ! Dieu, non ! Copernic ne l'a pas effleuré ; Darwin, la géologie et la préhistoire le laisseraient insensible. Il s'en tient, imperturbable, au récit de la Genèse, et trouve très naturel que la lumière ait été créée avant les astres, la végétation avant le soleil, „afin que nous concevions que tout dépend de Dieu seul". Adam, Eve, le paradis terrestre, le serpent, l'homme „justement puni dans tous ses enfants", puis le déluge 1.656 ans plus tard, et l'élection d'Abraham en 1921 avant Jésus-Christ, etc... tout cela lui paraît d'une vérité aussi littérale et d'une chronologie aussi assurée que la succession de Louis XIII et de Louis XIV. C'est le doigt de Dieu qui a formé le corps de l'homme, le souffle de la bouche de Dieu qui lui a donné son âme, la main de Dieu qui a écrit les tables du Sinaï. (Je ne sais quel humoriste a prétendu qu'un graphologue de l'époque, ayant examiné cet auguste autographe, en conclut que Dieu avait l'esprit superficiel Excusez cette plaisanterie, qui n'est pas de moi; mais le grand sérieux de Bossuet inspire l'envie de se détendre un peu.)

Sur les prophètes, il s'en donne à cœnr joie. Isaïe a nommé Cyrus deux cents ans avant qu'il fût né! Bossuet s'en émerveille à bon droit, et ne se lassera pas de le redire, jusque dans l'oraison funèbre du prince de Condé. Il faut avouer que cela en vaudrait la peine si c'était vrai. Malheureusement, cette prophétie n'est pas de l'Isaïe qui florissait vers l'an 750 av. J.-C., mais d'un autre prophète, anonyme, qu'on appelle le second Isaïe, et qui fut contemporain de Cyrus, ce qui lui facilita beaucoup de prophétiser sa naissance. Quant à Daniel, Bossuet lui tient à grand honneur d'avoir prédit le décret d'Artaxerce rétablissant Jérusalem en 454 av. J.-C. et les empires d'Alexandre, de ses lieutenants, etc... Ce serait assez fort en effet si Daniel avait réellement écrit pendant la captivité de Babylone, qui dura soixante-dix ans et prit fin en 536 ou 535. Mais cela devient moins étonnant lorsqu'on sait que le prétendu Daniel est apocryphe, et cache un auteur qui s'exprimait sous ce couvert au plus tôt vers 150 avant J.-C., sous les Asmonéens.

Dira-t-on que Bossuet ne pouvait deviner la critique biblique? Mais, si! Il a connu Richard Simon, l'a persécuté et a fait supprimer ses travaux. Il a lu Spinoza, dont le Tractatus theologico-politicus a paru en 1670 et aurait probablement retourné Pascal. Bossuet écrivait son Histoire universelle en 1680. Et sa bonne foi n'est pas moins certaine que sa foi tout court: chez lui, l'une ne va pas sans l'autre. Mais son siège était fait. Il consacre une vingtaine de pages de sa seconde partie (Suite de la religion) à traiter bravement la question, qui s'est donc bien posée pour lui. Il concède quelques erreurs de détail, quelques fautes de copie, quelques interpolations (par exemple le récit de la mort de Moïse introduit dans „son" livre, et il est bien bon : ne pouvait-ce être encore une prophétie ?) Mais tout cela n'a aucune importance ; rien n'a d'importance, qui contredirait les décisions de l'Eglise et de Bossuet. Il a même très bien vu la gravité capitale de la question de dates pour les prophéties, mais répond avec tranquillité que l'acharnement des impies sur ce point prouve encore mieux le dérèglement de leurs passions et de leur libertinage. D'après Bossuet, on ne conteste l'authenticité de ces textes sacrés que pour pouvoir se livrer sans crainte au désordre et à tous les vices ! Comme cela s'applique bien à Spinoza, dont la vie était aussi pure et beaucoup plus ascétique que celle du fastueux évêque de Meaux ! On est un peu fâché de trouver sous la plume de Bossuet un pareil argument. Mais nul ne peut soutenir qu'il n'y croyait pas.

Sa grande preuve de la vérité du christianisme est que cette religion existe avec une continuité absolue depuis la création du monde jusqu'à nos jours. Mais, sans revenir sur le problème des origines et des temps primitifs, un peu plus complexe que ne le supposait Bossuet, on remarquera qu'il reconnaît lui-même dans cette religion ininterrompue trois états successifs, qu'il appelle la loi de nature, la loi écrite (Moïse) et la loi de grâce (Jésus). Or, pour Bossuet, la marque infaillible et la tare décisive de toute hérésie, c'est sa nouveauté. Il est pourtant bien obligé de convenir que Moïse apportait une nouveauté, qui était un progrès sur l'âge précédent, et de même Jésus par rapport à Moïse. Les mécréants n'hésitent pas à considérer le christianisme comme une hérésie juive, de même que le protestantisme est une hérésie chrétienne. Mais Dieu lui-même a donc varié, de l'aveu de Bossuet ! Dieu serait-il protestant ? Bossuet ne s'en tire pas.

Inutile d'insister. Il est trop évident, et trop généralement admis, que le Discours sur l'histoire universelle manque de solidité. J'ajoute que, fort bien écrit pourtant, il paraît assez aride. Cette fameuse providence, qui arrange tout et rend compte de tout, finit par sembler monotone. Bossuet nous réveillera un peu en affirmant dans l'Oraison funèbre d'Henriette d'Angleterre que les révolutions britanniques avaient pour objet de donner cette princesse à l'Eglise. Il faut admirer cet homme si éloquent, et on ne peut lui refuser son estime, mais avouons qu'on a quelquefois en le lisant le droit de sourire un peu.

1927

IV. BOSSUET ET MAURIAC [1]

(LA CONCUPISCENCE)

[1]) A propos du Supplément au Traité de la concupiscence de Bossuet, par François Mauriac, 1 vol. éditions du Trianon.

MONSIEUR François Mauriac m'a fait relire le Traité de la concupiscence. C'est, je suppose, le principal objet de cette ingénieuse collection des Suppléments à divers ouvrages célèbres, dont quelques-uns le sont sans que presque personne le sache, suivant un mot de Flers et Caillavet, et qui ont donc besoin qu'on les rappelle au souvenir des nouvelles générations. En outre, ils ont bien dit ce que l'auteur avait à dire et traité leur sujet à fond, comme on pouvait le concevoir à l'époque, mais la fuite du temps et l'évolution des idées amènent de nouveaux points de vue.

Je n'en veux pas à M. François Mauriac de m'avoir replongé dans ce Traité, que je vous ai cité plusieurs fois, mais qui reste en somme assez peu connu. D'ailleurs, je crains fort qu'on ne lise plus beaucoup Bossuet, je parle du public laïque, et que même de bons lettrés ne le rouvrent plus après les années de collège, où l'on n'a guère un peu étudié que les Oraisons funèbres et quelques bribes des Sermons et du Discours sur l'histoire universelle. Bossuet demeure l'homme le plus éloquent de l'âge moderne et peut-être de tous les âges, mais l'éloquence n'est plus à la mode, et l'on a même pudiquement supprimé la classe de rhétorique, qu'on a remplace par la classe de première, comme jadis les sergents de ville par les gardiens de la paix. Mais il ne faut pas confondre les lycées avec la police, qui n'y a rien perdu, ni davantage avec les chemins de fer, et depuis que le grec et la latin sont un luxe facultatif, la première classe scolaire n'est pas toujours de première qualité. On l'envahit avec des billets de troisième, comme les wagons de banlieue des dimanches et fêtes. Sans prédilection spéciale pour les orateurs, que ne sont pas habituellement les prosateurs les plus profonds ni les plus substantiels, on commence à regretter Bossuet, Démosthène, voire Cicéron et le Conciones, qui enseignaient du moins la pureté et la logique du style.

Composé en 1694, le Traité de la concupiscence est un posthume, publié seulement en 1731 par le neveu de l'auteur, l'abbé Bossuet, devenu évêque de Troyes. Ce titre alléchant, que plus d'un écrivain d'aujourd'hui envierait si le mot n'était un peu tombé en désuétude, et dont M. François Mauriac souligne sans détour les sonorités expressives, n'a pas suffi à lancer l'ouvrage, parce qu'au dix-huitième siècle et depuis les amateurs de ces matières scabreuses ont bien pensé que

Bossuet les abordait dans un esprit austère, et que d'autres leur fourniraient des satisfactions plus complètes. L'honnête et candide Bossuet n'aurait probablement pas hésité devant ce titre, sans même prendre garde aux équivoques qui frappent tant M. Mauriac, mais Lachat avertit, d'après l'abbé Le Dieu, que toute la responsabilité en incombe à l'évêque de Troyes, et que Bossuet avait mis simplement en tête de son manuscrit cette formule: "Considérations sur ces paroles de saint Jean : „N'aimez pas le monde... parce „que tout ce qui est dans le monde est con„cupiscence de la chair, et concupiscence des „yeux, et orgueil de la vie." (I Joan., II, 15, 16.) Le mot dangereux y est trois fois, et appartenait à la langue théologique (je crois qu'il y appartient toujours), si bien que Bossuet reproduit ici textuellement la traduction française de Lemaistre de Sacy, mais enfin le terrible mot était noyé dans ce titre un peu long et moins à effet.
L'excellent Bossuet examine ces trois points, consciencieusement, et dans l'ordre. Le premier seul, ou peu s'en faut, intéresse les liseurs actuels de romans, qui n'en sortent guère, et par conséquent M. François Mauriac lui-même, romancicr de carrière, et des plus

achalandés. Elève des marianistes, né catholique, fermement résolu à le rester dans tous les cas, M. Mauriac compose des romans si charnels et parfois malsains qu'on songe à un Eliacin libidineux et dévoyé (le Joas d'Athalie n'a-t-il pas tourné assez mal?) La notion du péché semble pour M. Mauriac un attrait et un ragoût de plus, suivant la fameuse formule empruntée par Anatole France à une tradition italienne. La concupiscence est son domaine, sa spécialité, son champ ou son vignoble, et son terrain de chasse. On ne doute pas de la sincérité de M. Mauriac, ni de ses convictions conscientes, qui d'ailleurs ne lui ont pas épargné ce qu'il appelle amèrement le „venin de la bonne presse".

Mais il y a l'inconscient, dont nos contemporains font tant d'usage qu'on peut bien l'invoquer une fois, par hasard, et par hypothèse. On se demande si l'inconscient de M. Mauriac, et celui de plusieurs autres écrivains, croyants de naissance ou récemment convertis, ne les a pas entraînés ou maintenus dans cette voie par souci d'y trouver des thèmes avantageux et, en ce siècle de mécréance, un moyen facile d'originalité. L'âme d'un homme de lettres a des replis tortueux et parfois des secrets pour lui-même. Il ne sait pas toujours pertinemment ce qu'implique son inévitable principe, parfait en soi, mais chanceux, que la littérature passe avant tout. André Gide, moraliste décidément rigide, et nourri des Ecritures, accuse M. Mauriac de chercher un „compromis rassurant qui permette d'aimer Dieu sans perdre de vue Mammon". M. Mauriac proteste avec indignation. Il est certes de bonne foi. Mais est-il pleinement lucide ? Notre époque méprise la lucidité, les idées claires et distinctes, auxquelles elle préfère l'élan vital et les vagues de fond inconsciemment projetées par notre être intime, dont les abîmes sont réputés vertigineux et insondables.

Le digne Bossuet était et se voulait, au contraire, aussi cartésien que le permettait l'orthodoxie. Cependant M. Mauriac pose la première des trois questions je ne dirai pas plus nettement, mais plus agressivement que Bossuet, peut-être parce qu'elle le touche d'une façon plus directe, et aussi parce qu'il a lu des écrivains plus modernes. Ainsi Bossuet ne connaissait ni Flaubert, ni M. Homais, qui a tant servi aux polémistes bien pensants, et de la façon la plus contraire aux intentions du maître rouennais. M. Mauriac n'a garde de négliger cet utile pharmacien : „M. Homais dénoncerait ici la manie chrétienne de tout compliquer: pourquoi prendre la chair au tragique? dira-t-il. Là comme ailleurs, il s'agit d'user sans abuser. C'est une question de mesure..." M. Mauriac avoue que ce raisonnement ne l'a pas toujours laissé insensible: „Le drame charnel, disions-nous, est une invention chrétienne. Rien de si extravagant que cette importance donnée par le christianisme aux choses de la chair." Faiblesse passagère, tentation contre la doctrine! Il en a triomphé. Il s'incline, mais n'en va que plus droit au but, ou du moins au vif du problème. Car c'en est un, assurément, si peu qu'on y réfléchisse. Pourquoi le christianisme condamne-t-il la chair? C'est une de ses particularités singulières, qui le distingue non seulement du paganisme, mais de l'Islam et de toutes ou de presque toutes les autres religions. Quelle en est la signification essentielle et l'intention profonde?

Bossuet l'explique très bien, et peut-être encore mieux qu'il ne croit. Dans sa noble candeur, il dit tout, sans y voir malice; mais on peut l'interpréter... Le christianisme condamne les plaisirs des sens, parce que „ces plaisirs nous attachent à ce corps mortel", et que ce corps „nous attache à la terre, nous qui ne devrions respirer que le ciel". Aussi toutes les sensations agréables sont-elles englobées dans l'anathème, y compris les plus anodines en apparence, comme celles de la nourriture: d'où le jeûne, les abstinences, et cette formule de saint Augustin que Molière a bafouée en l'introduisant dans l'Avare: „Il faut manger pour vivre et non pas vivre pour manger". (On peut d'ailleurs l'adopter sagement, sans se priver de bifteck, même le vendredi.) Mais voici d'autres excès, autrement dangereux et tels qu' „on n'en parle point sans pudeur, et qu'on n'y pense point sans péril, même pour les blâmer". Tout frémissant, Bossuet s'écrie: „O Dieu, qui oserait parler de cette profonde et honteuse plaie de la nature, de cette concupiscence qui lie l'âme au corps par des liens si tendres et si violents, dont on a tant de peine à se déprendre, et qui cause aussi dans le genre humain de si effroyables désordres? Malheur à la terre, malheur à la terre, encore un coup, malheur à la terre, d'où sort continuellement une si épaisse fumée, les vapeurs si noires qui s'élèvent de ses passions ténébreuses, et qui nous cachent le ciel et la lumière..."

Trois fois malheur, si Bossuet y tient. Mais de cette triple malédiction, de cette fumée, de ces vapeurs et de ces ténèbres jaillit une clarté sur la pensée de Bossuet, qui n'est que chrétienne, mais qui l'est à fond.

„On ne peut pas aimer Dieu et le monde, dira-t-il plus loin. Dieu veut tout! „Voilà le mot de l'énigme. Ce n'est pas en soi que la chair est impure, et cette tare intrinsèque n'apparaît nullement, pas même dans les discours de Bossuet. Il ne s'agit que d'une impureté relative, mais d'autant plus grave, puisqu'elle résulte d'une opposition aux droits de Dieu, qui seuls sont souverains et absolus. Le christianisme veut accaparer, absorber, monopoliser l'homme tout entier, pour l'offrir tout à Dieu — et à l'Eglise. Car ce théisme jaloux peut révéler un mysticisme dévorant, mais aussi un cléricalisme habile. Non seulement pour l'amour divin, mais pour les pratiques de dévotion, la chair est une concurrence. M. Mauriac observe que cette morale ne distingue point assez la passion noble de la débauche vulgaire. Parbleu! Plus l'amour humain s'élève et dément la prétendue impureté, plus il devient un rival redoutable.

Une autre objection, c'est que cette chair qu'on maudit nous a été aussi donnée par Dieu, dans la thèse créationiste, et que rien de ce qui sort de la main de Dieu ne saurait être infâme. Le dogme répond par la chute d'Adam et le péché originel, que nous ne discuterons pas. Mais on s'amuse de voir que Bossuet en tire bel et bien le manichéisme. Le diable, qui sous la forme du serpent a perdu notre mère Eve, est pour Bossuet le véritable auteur du „monde", au sens théologique, de ce „monde" qu'on doit haïr et fuir, si l'on veut aimer Dieu. „Dieu n'a pas fait la concupiscence... ni le monde, qui est tout entier dans le mal... C'est là le monde dont Satan est le créateur : c'est sa création opposée à celle de Dieu". Ce violent monothéisme en vient donc à supposer deux créateurs antagonistes, et l'on avouera que cette façon de justifier le Dieu unique pour lui tout immoler aboutit a un étrange paradoxe. Renouvier a souvent signalé l'inextricable difficulté de concilier l'idée du Dieu personnel avec les définitions métaphysiques dont le panthéisme se constitue. Bossuet fournit le criticiste d'arguments et d'exemples assez forts.

M. Mauriac rappelle avec malignité que cette „fragile et trompeuse beauté des corps", dont Bossuet parle en termes bien sentis, ne l'a pas toujours laissé indifférent. Le mariage de Bossuet est une fable, et Léon Bloy l'a calomnié en le traitant de „prélat concubin".

Mais ses fiançailles interrompues avec Mlle de Mauléon, avant le sous-diaconat, semblent authentiques. Il en aura frémi rétrospectivement bien des fois. Il était d'une complexion amoureuse, contre laquelle il aura dû énergiquement lutter, et qui se trahit dans ses petits vers médiocres, mais brûlants de sensualité naïve, sur le *Cantique des cantiques* et les amantes du Christ. Cette série du *Saint Amour* est bien curieuse (XXVI, édition Lachat), et Jules Lemaître s'en est malicieusement diverti (*En marge de Bossuet*, dans *la Vieillesse d'Hélène*) Pauvre Bossuet!

Où il devient plus fâcheux c'est lorsqu'il passe à la seconde concupiscence, celle des yeux, où il range non seulement ce mode de „fornication", mais le désir de connaître — *libido sciendi* — parce que l'œil en est le symbole, comme le plus intellectuel des sens: en quoi Bossuet s'accorde avec Léonard, pour le mieux combattre. Bossuet professe que l'unique science nécessaire est celle du salut: encore la résume-t-il dans la foi du charbonnier et se méfie-t-il même d'une étude trop approfondie de la religion. L'on ne sait pas où cela peut mener: soyons prudents! „Cette vie est le temps de croire, comme la vie future est le temps de voir." Et Bossuet jette l'anathème à tous les arts et à toutes les sciences humaines, sans excepter la littérature. Que tout cela porte ombrage au fanatisme! Si l'esprit humain s'adonne au savoir profane, il n'aura plus le loisir, ni peut-être le goût de rester dévot, ni même la conviction d'y être obligé.

Il y a dans le chapitre intitulé : „Un bel esprit, un philosophe", des choses fines et spirituelles sur la vanité des auteurs, „aveugles admirateurs de leurs ouvrages", qui „ne peuvent souffrir ceux des autres", et „si quelque critique vient à leurs oreilles", l'accueillent „avec un dédain apparent et une douleur véritable". En revanche, Bossuet se montre bien injuste pour Virgile, qui aurait été spiritualiste dans l'Enéide (Mens agitat molem...), mais épicurien et atomiste dans ses Bucoliques. Or, au sixième livre de l'Enéide, c'est Anchise qui parle, et dans la huitième églogue, c'est Silène. Il est bien possible, d'ailleurs, que Virgile, pour son compte, soit resté fidèle à Lucrèce, mais la contradiction dénoncée par Bossuet ne se manifeste qu'entre deux personnages différents... Bossuet reproche à Boileau d'attaquer le mariage, comme s'il le défendait bien lui-même, en le présentant comme un pitoyable pis-aller; à La Fontaine de rabaisser la raison en plaidant la cause des bêtes, ce qui ne ressort nullement du Discours à Mme de La Sablière. Ce sont des détails, mais qui prouvent que l'intransigeance et l'iniquité de Bossuet n'ont pas sévi exclusivement contre Molière et la comédie.

Il n'est pas moins ennemi des lettres et des arts que ne le sera Jean-Jacques Rousseau, cet autre moraliste chrétien. Bossuet les implique aussi dans le procès de la troisième concupiscence, ou orgueil de la vie. D'après lui, c'est un diabolique orgueil qui engendre le désir de la connaissance et de la gloire. Il fulmine contre les héros et les „grands auteurs", qui n'obéissent, selon lui, qu'à un prurit d'hommages et de louanges. Qu'ils les recherchent et les reçoivent avec joie, on en convient, mais n'est-ce pas quelquefois par intérêt pour leur œuvre, pour le beau qu'ils ont voulu réaliser, pour l'esprit qu'ils se sont efforcés de servir, et non par simple vanité égoïste? Bossuet méconnaît et flétrit les plus hauts sentiments, les plus pures idées, les activités les plus désintéressées et les plus fécondes, parce que c'est ici que la concurrence à son Moloch théocratique l'inquiète le plus. Et c'est ici qu'il nous irrite le plus à son tour et qu'il risque le plus de nuire, parce que l'instinct sauvegardera toujours bien assez la chair, malgré ses foudres, tandis que la culture intellectuelle est beaucoup plus fragile et toujours menacée. M. Mauriac proteste en sa faveur, mais celle que conçoivent les intuitionistes de sa sorte ne se distingue guère de la sainte ignorance. Les Bossuet et les Jean-Jacques sont certainement nuisibles à la vraie culture, parce que leurs déclamations encouragent au moins ceux qui se contentent de la fausse et s'y complaisent.

Bossuet nous propose en modèle Jésus, si peu curieux des sciences et des savants, si humble qu'il ne s'attribuait rien à lui-même et disait: „Ma doctrine n'est pas ma doctrine, mais de celui qui m'a envoyé". Comment Bossuet ne voit-il pas que Jésus devait le dire pour donner à cette doctrine plus d'autorité, et qu'il n'y avait rien de plus honorifique que cette mission divine? L'innocent Bossuet pousse quelquefois l'innocence un peu loin.

1929

V. BOSSUET
ET ALBERT HOUTIN

LE MARIAGE DE BOSSUET

J'AI recu la lettre suivante, dont je ne retranche que quelques mots concernant des tiers :

Monsieur,

Vous écrivez, dans votre feuilleton du Temps, à propos de M. Mauriac et de Bossuet: „Le mariage de Bossuet est une fable et Léon Bloy l'a calomnié en le traitant de prélat concubin."

Si vous vouliez bien vous reporter au récent ouvrage posthume d'Albert Houtin, que j'ai édité et vous ai adressé en mars dernier: Courte histoire du célibat ecclésiastique, ch. XXI, pp. 177-192, je suis convaincu que vous changeriez d'opinion. Vous y verriez que ce qui est une fable, c'est la thèse traditionelle, et comment elle c'est formée: que, d'après des recherches et trouvailles assez récentes, il est infiniment probable que Bossuet a bien été marié, comme l'avaient su Jurieu, Voltaire, La Chaise, qu'il voyait sa femme presque chaque jour, que son contrat de mariage a été entre les mains d'hommes tout à fait dignes de foi,

La question est, en tout cas, assez importante pour qu'on l'examine, pour qu'on ne reproduise pas simplement les affirmations sommaires de l'apologétique.

Et, à ce propos, voulez-vous me permettre de vous dire que les ouvrages d'Houtin méritent aussi qu'on les examine? Il était un connaisseur du christianisme, de son histoire, de ses idées, de ses mœurs, comme on en rencontre bien peu: parfaitement informé, rigoureusement exact, d'une sincérité d'une perspicacité étonnantes...

Il ma confié, plus d'une fois, son étonnement que vous fassiez le silence sur tous ses ouvrages, alors que des périodiques moins indépendants que le Temps ne craignaient pas d'en parler. Il ne se l'expliquait pas. Et, depuis sa mort, je n'ai pas été plus heureux — ni moins surpris — après vous avoir envoyé tous ceux de ces ouvrages que j'ai édités ou réédités...

Veuillez agréer, etc...

F. SARTIAUX.

Me voici transformé en docile serviteur de „l'apologétique!" Quantum mutatus!... Cependant, si je n'ai pas insisté sur cette histoire du mariage de Bossuet, ce n'est point par zèle d'homme bien pensant, mais parce qu'elle ne concernait qu'indirectement mon sujet, et parce que je la considère réellement comme une fable. Dussent tous les anathèmes s'abattre sur moi, si je croyais que Bossuet eût été marié, je n'hésiterais pas à le dire.

Je n'avais pas cité le chapitre en question d'Albert Houtin, que je connaissais, parce qu'il ne m'avait pas fait changer d'avis. Puisque mon honorable correspondant y tient, je vais dire pourquoi. Voltaire, dont Houtin lui-même déclare la version anodine, ne parle que de fiançailles et d'un contrat de mariage, non suivis de la célébration et antérieurs à l'entrée de Bossuet dans les ordres. Est-ce vrai? Je n'en sais rien, mais je le crois volontiers, parce que Voltaire est habituellement un historien très sûr, et parce que cette anecdote n'a rien d'invraisemblable en soi, ni d'offensant pour l'honneur sacerdotal de Bossuet. Tout jeune, il a bien pu être amoureux, comme sa nature l'y portait, et songer à ne marier. Si, appelé par la vocation ecclésiastique, il a renoncé à ce premier projet matrimonial avant de recevoir le sous-diaconat, comme l'indique Voltaire, la conduite de Bossuet fut parfaitement correcte et les plus malveillants ne peuvent rien lui reprocher.

Autre version, qui date de 1712, et qui émane d'un abbé Denis, hostile et fort suspect, voire, paraît-il, „apostat". D'après ce témoin, le contrat de mariage daterait de l'époque où „Bossuet n'était, à ce que l'on croit, que chanoine de Metz et sous-diacre". S'il était déjà sous-diacre, il aurait trahi un engagement sacré: car cette ordination est décisive. Houtin s'écrie: „Ces révélations sont accablantes pour

Bossuet. Mais aussi que leur source est impure!" Si la source en est impure, elles sont douteuses, et non pas accablantes. Houtin a une bizarre façon de raisonner, et l'on s'étonne qu'il ajoute: „Pendant tout le dix-neuvième siècle, les histoires de Denis et de Voltaire furent tenues pour des calomnies". A moins d'ignorer absolument les lois de l'Eglise et le caractère du sous-diaconat, ce qui est possible pour un profane, mais non pour l'ex-abbé Houtin, on ne peut assimiler la version Denis, qui est bien une calomnie, à celle de Voltaire, qui n'en est pas une.

En 1863, publication des Mémoires de l'abbé Le Gendre, que Houtin présente comme „éclairé et sincère", tout en avouant qu'il avait été le secrétaire d'un „archevêque scandaleux", Harlay, archevêque de Paris, dont les mœurs notoires furent spirituellement chansonnées. Que raconte Le Gendre? Qu'après la mort de Bossuet, une demoiselle, sa vieille amie, „se disant sa veuve", réclama son „douaire". Elle pouvait avoir quelques droits pécuniaires, s'il y avait eu contrat, même non suivi d'effet. C'est ce que Bossuet pouvait admettre lui-même et ainsi s'expliquerait fort bien qu'il ne l'eût jamais abandonnée et qu'il l'eût cautionnée ou aidée de

ses deniers. „Ce qu'il y a de certain, continue Le Gendre, c'est que dans les différents temps de la vie de M. Bossuet, elle a toujours été la maîtresse chez lui, qu'elle y ordonnait de tout...", etc...
Nous tombons dans les ragots, d'ailleurs contradictoires : car Denis parlait de „longues et fréquentes visites" de Bossuet à son amie, qui ne devait donc pas habiter chez lui et y tout ordonner. Denis notait que „les domestiques ne regardaient pas cela d'un bon œil." Cet abbé puisait sans doute ses renseignements à l'office et chez la portière.
Suit une discussion assez obscure sur l'âge de cette Catherine Gary (qui deviendra Mlle de Mauléon). Peu importe. Qu'elle ait été recueillie par un oncle, au doyenné de Saint-Thomas du Louvre, où Bossuet, jeune, résida aussi, cela explique qu'ils se soient connus, mais n'implique pas qu'ils se soient mariés. Un M. Bonnetty, ancien directeur des Annales de philosophie chrétienne, aurait eu entre les mains le fameux contrat, qu'auraient vu Mgr. Gaume (dont on sait ce qu'a dit Flaubert) [1]), le chanoine Dedoue, etc...

[1]) „Hier j'ai fini la lecture du Catéchisme de persévérance, par l'abbé Gaume, C'est inouï d'imbécillité." (Correspondance, 1re édition Conard, IV, p. 350.)

lesquels auraient agité la question de savoir s'il était opportun de le publier, vers la fin de l'empire, pendant le concile du Vatican. Hum! On soupçonne cette campagne d'avoir un caractère de représailles ultramontaines contre le grand évêque gallican. Je sais de science certaine que d'éminents ecclésiastiques l'interprètent ainsi. Déjà le mot du P. La Chaise, jésuite, confesseur de Louis XIV, à Bossuet disant qu'il n'était pas janséniste: „On sait que vous n'êtes que mauléoniste", ne serait-il pas une insolente vengeance contre le digne prélat qui admirait les Provinciales?

Quoi qu'il en soit, ce fameux contrat ne fut pas publié et, depuis, il a été perdu, peut-être détruit [1]). Houtin lui-même admet qu'il ne concernait peut-être qu'un cousin de Bossuet. Fût-il authentique, il ne prouverait rien. Ce qu'il faudrait, ce cerait l'acte de célébration du

---

[1]) Houtin, qui énonce l'hypothèse de la destruction volontaire, suppose qu'elle aurait été accomplie dans l'intérêt de Bossuet! Or les détenteurs étaient des ultramontains, et la publications avait été projetée pendant le concile, comme on l'a vu... Il est vrai que, si j'ai bien compris la préface de M. Félix Sartiaux, ce chapitre a été rédigé par M. Armand Dulac, mais d'après les notes d'Albert Houtin.

mariage. Il n'en est pas question. D'ailleurs Houtin lui-même ne dit pas que le mariage soit certain, mais seulement que „ce n'est plus une hypothèse extravagante".

Eh bien, si! Bossuet répondait, de haut, à Jurieu: „Il ose m'accuser de choses que l'honnêteté et la pudeur ne me permettent pas de répéter. Comme il sait bien que ce sont là des discours en l'air et des calomnies sans fondement, il apaise sa conscience et se prépare une échappatoire en disant: — Je n'en sais rien... S'il n'en savait rien, il fallait se taire et n'alléguer pas, comme il l'a fait, pour toute preuve des ouï-dire." Ainsi ces commérages diffamatoires ont été colportés du vivant même de Bossuet, qui en a eu connaissance et y a répondu publiquement, ne craignant pas de s'exposer aux enquêtes de ses ennemis, qui n'auraient pas manqué de le confondre s'il y avait eu des faits.

Aujourd'hui on n'allègue encore que des ouï-dire et des hypothèses. Quoi qu'en dise Houtin, tout cela est extravagant, pour une raison très simple. Ce sont les écrits de Bossuet qui protestent et le disculpent. S'il avait été réellement un prélat marié ou concubin, l'austérité de sa morale, dans le Traité de la concupiscence, dans ses sermons et dans toute son œuvre, dénoterait une prodigieuse tartufferie. Or il suffit de le lire pour s'apercevoir que Bossuet fut au contraire un naïf, et tout ce qu'il vous plaira dans cet ordre d'idées, mais d'une sincérité évidente. On peut penser tout ce qu'on voudra de sa valeur philosophique, et je n'en ai pas moi-même une très haute opinion, mais il a deux qualités incontestables: d'une part la beauté de sa langue et de son style, de l'autre sa bonne foi.

Elle se manifeste avec une touchante ingénuité dans ce fameux passage des Méditations sur l'Evangile: „L'Eucharistie nous explique toutes les paroles d'amour, de correspondance, d'union, qui sont entre Jésus et son Eglise, entre l'époux et l'épouse, entre lui et nous. Dans le transport de l'amour humain, qui ne sait qu'on se mange, qu'on se dévore, qu'on voudrait s'incorporer en toutes manières et, comme disait ce poète, enlever jusqu'avec les dents ce qu'on aime pour le posséder, pour s'en nourrir, pour s'y unir, pour en vivre?" Et il y a des paroles au moins aussi brûlantes dans le Saint Amour... Mais si ces effusions révèlent un tempérament ardent et rendent des amours de jeunesse vraisemblables, qui ne voit qu'un tartuffe les eût soigneusement évitées par crainte élémentaire de se compromettre ? On peut sourire de cette effervescence, mais tout cela démontre clairement que Bossuet n'avait rien à cacher.

Albert Houtin né en 1867, à la Flèche, faillit se faire bénédictin, devint prêtre séculier du diocèse d'Angers, se brouilla peu à peu avec son évêque à cause de ses travaux historiques, fut interdit en 1903, quitta la soutane en 1912, publia de nombreux ouvrages, collabora à quelques journaux (même au Temps, où il donna des articles documentés sur la Séparation et l'affaire des cultuelles), fut nommé directeur du Musée pédagogique, et mourut en 1926.

Malgré mon cléricalisme bien connu, je n'ai jamais eu pour lui que de la sympathie, parce que je l'ai cru sincère, comme Bossuet, quoique dans une autre direction et avec moins d'éloquence. Je me souviens d'avoir une fois déjeûné avec lui chez un ami commun : il me parut fort honnête homme. Pourquoi je n'ai pas rendu compte de ses livres ? Evidemment, d'abord par esprit de parti et pour complaire à l'archevêché, au Vatican, au Gesù. On sait quelle est ma docilité aux désirs de ces puissances.

Cependant, à ces raisons suffisantes M. Félix Sartiaux me permettra-t-il d'en ajouter une autre, assurément accessoire, mais qui ne laisse pas d'avoir pour moi quelque importance? J'ai lu ou parcouru plusieurs volumes d'Albert Houtin. Ils m'ont semblé intéressants pour les spécialistes, à titre documentaire, et destinés à le demeurer pour les futurs historiens des affaires ecclésiastiques. Mais la portée intellectuelle en est assez restreinte, et la forme des plus ordinaires. Albert Houtin n'était ni un grand esprit, ni un écrivain d'un vrai talent. M'occupant ici de critique littéraire, et non de critique religieuse en soi, mais seulement dans les cas (qui vont de Bossuet à Renan) où les questions de religion touchent à la littérature, je n'avais pas à parler d'Albert Houtin.

Celui-ci avait le goût des potins, et il y en a d'amusants sur divers personnages, dans ses souvenirs sur sa vie de prêtre et sa vie laïque. Mais je crains que sa perspicacité ne soit pas toujours à la hauteur de son honnêteté. Par exemple, sur le mariage de l'abbé Charles Perraud, frère du cardinal, affirmé par Houtin, je ne dirai rien, mais je signalerai son incompréhension comique d'une phrase de Mgr. Baudrillart. Celui-ci, défendant l'abbé

Charles Perraud contre Houtin, publia dans l'Univers un article où se lisait cette phrase: „...Vous êtes acculé à abandonner votre première position, celle de prêtre pieux, loyal et marié". Pour quiconque sait lire, le prêtre pieux, loyal et marié dont il s'agissait était clairement l'abbé Perraud, présenté comme tel par Houtin, et non point Houtin lui-même, que Mgr. Baudrillart, sévèrement orthodoxe, n'aurait certes pas appelé „pieux", mais non plus „marié", puisque Houtin était notoirement celibataire, et devait le rester même après avoir jeté le froc. Aussi ne s'étonne-t-on aucunement que Mgr. Baudrillart ait rectifié sa phrase, un peu gâtée par une faute d'impression. Il avait écrit: „Votre première position, celle du prêtre...", etc. On avait imprimé: de prêtre, ce qui était une petite faute, mais sans difficulté pour qui a la moindre notion de la critique des textes. En outre Mgr. Baudrillart dut expliquer à Houtin que position voulait dire thèse. Houtin n'avait pas davantage compris cela, qui est pourtant élémentaire, et il maintiendra mordicus que Mr. Baudrillart l'avait insulté, lui Houtin, dans sa vie privée. Il l'a même fait croire à M. Félix Sartiaux. Au risque de passer pour affilié à l'Institut catholique et à l'Oratoire, je n'y puis souscrire. J'en appelle à tous les philologues.

Le manque d'esprit critique d'Albert Houtin diminue beaucoup l'autorité de ses anecdotes sur l'un et l'autre. Il traite la presse aussi mal que le clergé. Sur la première, il ramasse des clichés ou des racontars plus sots et moins croyables que la légende de saint René, premier évêque d'Angers, qu'il se vante si fort d'avoir détruite. Par exemple, il croit dur comme fer à la vénalité de la critique... Eh! eh! Comment alors pouvait-il s'étonner que je n'eusse point parlé de lui? Il ne m'avait jamais offert les moindres subsides... Il dit encore, pour expliquer qu'il n'ait pas fait carrière dans le journalisme, où il ne fut qu'un passant, un occasionnel: „Le métier d'amuseur public ne me tente pas. Quant à celui de charlatan, si j'avais voulu l'exercer, je serais resté dans l'Eglise". On se console comme on peut, mais n'est pas charlatan ni baladin qui veut, et le style terne, plat, grisâtre, d'Albert Houtin ne le destinait à briller ni dans l'Eglise, ni dans la presse, ni à la foire. Ses malheurs l'avaient un peu aigri, Pauvre Houtin!

Mais heureux Bossuet! Si ses thuriféraires

lui ont fait beaucoup de tort, il a des détracteurs qui lui ramènent bien des sympathies.

1929

FIN

TABLE

BIBLIOTHÈQUE NATIONALE

L'Édition originale de
BOSSUET
second volume de la collection
LA ROCHE TARPÉIENNE
a été achevée d'imprimer le 1er octobre 1929
par Charles Nypels, de Maestricht, pour
LES ÉDITIONS DU BALANCIER,
à Liége.

•

Le tirage est limité à 1 exemplaire sur vieux japon, 15 exemplaires sur japon impérial, 25 exemplaires sur vieux hollande van Gelder, 350 exemplaires sur hollande Pannekoek teinté et 30 exemplaires hors commerce sur divers papiers.

•

Exemplaire No.

www.ingramcontent.com/pod-product-compliance
Ingram Content Group UK Ltd.
Pitfield, Milton Keynes, MK11 3LW, UK
UKHW021634260726
13994UKWH00003B/1185

9 782329 312316